# もえない棺桶

篠田あき

文芸社

# もえない棺桶◎目次

# 花かんざしの小径

柔らかく吹く風はきらめいていた。

小学校の遠足で初めて来てから、麻子はもう数え切れないほど奥多摩方面の野山を歩いてきた。近頃のグルメと温泉ブームでずいぶん女性客が増えたが、それでもまだ静かな所は残っている。そんな風景に会いに行くのが麻子の楽しみだった。

青梅線に乗ると、結構込んでいても不思議にほっとする。どの駅で降りても、お帰り、よく来たね、と言ってくれているような気がした。東京生まれの麻子にとって、この辺りはふるさとと東京の奥座敷といったところだ。

柑橘類が好きで、幼い頃みかんの食べ過ぎで黄疸《おうだん》になったこともある麻子だったが、御《み》岳《たけ》にある柚子《ゆず》料理を出してくれる旅館も気に入っていた。

自然の中をとにかく歩くこと。それが麻子にとって最高の楽しみと安らぎだった。そんなに歩くことが好きなら山に登ってみたら、という友達もいたが、麻子はどこまでも山の姿を眺めながら、その裾野をゆっくり歩くのが好きだった。東北や信州の山を見に旅することもあったが、ほとんど散歩のような気分で奥多摩へ度々出かけた。

そろそろ咲き始めただろうかと思って吉野梅郷に寄ってみると、梅はまだ蕾《つぼみ》だったが、まさにその先端が開きかかっているところだった。その年その年の寒暖の差で開花の時期が微妙に違うのも、また味わいがあって心楽しいと麻子は思っている。

なだらかな斜面を歩きながら上に登って行くと、ひなびた町並みがまるで絵葉書のように見えた。見慣れた風景だったが、これもまた梅の蕾と同じで、風の色、光の具合、空の色合いなどによって、その時々で風景の表情が違っているように見えた。

幼い頃から麻子は一人で、よく雑木林の中を歩いた。そして地べたに座って何時間でも、夕焼けが雑木林をさまざまな色に染め上げていくのを眺めていたものだった。なにを考えるというのでもなく、ただひたすらその美しさに時のたつのを忘れて見とれていた。たぶんその延長で、いまでも空や森、山や草原などを、気がつけば辺りが真っ暗になるまで眺めている。

小さい頃のままだな。麻子は自分で自分のことがおかしかった。

斜面の途中にあるベンチに腰掛けると、麻子はいっせいに空を見上げている数え切れないほどの梅の蕾と一緒に深呼吸した。もう一回、そしてもう一回……。それを繰り返すたびに、麻子は梅の蕾が少しずつ開いていくような気がした。

幸せっていうのは、こういうもんかな。

麻子は気持がゆったりと膨らんでくるのを感じながら目を細めた。その時だ。

座ってもいいですか。

ベンチの近くに白髪の女性が立っていた。背中にリュックサックを背負い、ウォーキング・シューズをはいたその女性は、ちょっとはにかむようにして微笑んでいた。

あ、どうぞ。

麻子も笑顔を返しながら、ベンチの端のほうへ体を少しずらした。

まだ、早かったですね。

そう言いながら腰をおろした女性の体はとても細かった。七十歳前後というところだろうか、佇《たたず》まいそのものに理知的な印象を感じさせた。

わたしも、もう咲いた頃と思って来たんですけど。

麻子の言葉に、女性はゆっくりうなずいた。

でも、こういうのもいいですね。咲くまで待とうほととぎす。

そう言って、女性は空を見上げてフーッと息を吐いた。

辺りがにぎやかになってきた。五、六人の中年グループや熟年カップルが麻子たちの後ろを通り過ぎていった。

楽しそうねぇ。ああいうのもいいけど、わたし、一人でのんびりするのがやっぱり好きね。

わたしもなんです。友達と一緒も楽しいんだけど、気がつくと一人旅に出ているんです。

若い頃からそんな感じ。

そう、似てるわね。写真がお好きなの?

え、ええ。モノクロが。

麻子は膝の上のカメラを、感触を確かめるように軽く撫でた。

風が少し出てきたようだ。辺りの梅の枝々がまるで申し合わせたように揺れ始め、揺れながら梅の蕾が開いていくようなリズムに麻子はなんとなく嬉しくなった。

わたしもね、これが楽しみなの。

隣に座った女性はリュックサックの中からスケッチブックを取り出すと、いたずらっぽい目で麻子を見た。

あ、絵ですか。いいですねぇ。

フフフ、へたの横好きよ。二年前に始めたばっかりなの。一人暮らしだし、気ままにスケッチ旅行ができるでしょ。

周りで、お弁当を広げるグループのにぎやかな笑い声が聞こえてきた。突き抜けるように青い空をバックにして、ところどころにちりばめられた梅の小さな紅が恥じらうように輝いて見えた。

おいしそうですね。

どちらからともなく、そんな言葉が互いの微笑みの中で絡まり合った。

そうだわ、よかったら、おにぎりがあるんだけど。

彼女はリュックサックの中をゴソゴソやると、魔法瓶と小さな藍染めの巾着を出して、細く白い指で袋の紐をほどいた。

あ、ありがとうございます。わたしも持ってきてるんですよ。

麻子もリュックサックから紙袋を取り出して、銀紙に包んだおにぎりを紙袋の上に並べた。

じゃ、交換しましょうか。

彼女はまるで少女のように目を輝かせて、ラップに包まれた小さなおにぎりを麻子に勧めた。

いいんですか。

ええ、お口に合うかどうか。どうぞ。

じゃ、いただきます。

ゆかりと胡麻をまぶして海苔でくるんだ、食べるのがもったいないような品のよいおにぎりを麻子は手に取った。

わたしのもどうぞ。大きいだけが取柄の塩鮭おにぎりで。

まあ、おいしそうね、こういうのが一番なのよ。いただきまぁす。

麻子たちは遠足に来ている子供のように、青く澄みきった空の下で、おにぎりをほおばった。

これ、おいしい。塩鮭のこのしょっぱさがなんともいえないわ。

そうですか、よかった。いつも一番塩が効いているのを入れるんです。塩分ひかえめにしているんですけど、おにぎりのときだけはこれじゃないと。ほんとうは七輪で炭火焼きにしたいんですけど、なかなかそうもいかなくて。ゆかりのおにぎりも格調高いですね。

ほほほほ、面白い人ね。

彼女はのけぞるようにして笑った。そして口元を押さえて笑いをこらえるようにしてうつむいた。

大丈夫ですか。

麻子は、その女性が持ってきた魔法瓶のコップに入ったお茶を差し出した。彼女はそれをゆっくり飲んだ。

ありがとう。こんなに笑ったのは久しぶり。あんまり楽しくて。笑わないでね、いま、入れ歯がはずれそうになって。

二人の笑い声が重なって、辺りに響いた。品のよい楚々とした感じの女性が笑いころげて、入れ歯が取れかかったと正直に言うところがおかしかった。

一人暮らしだから、あんまり笑うことないの。そうかといって、カルチャーセンターみたいなところは好きじゃないし。元気なうちに、できるだけスケッチ旅行するのが楽しみで。

わたしも一人旅が多くて。旅先で出会ういろんな人たちって面白くて。いまでも思い出すと、おかしくて笑い出すことがあって。

一人旅をしていると、よく、一人で寂しくないのかと聞かれることがある。一人旅の醍醐味と楽しさは、やってみなければわからない。一人だからこそ面白いのだ。

わたしも、そのお年で一人旅って言われるけど、自由で気楽で最高。ワイワイ行くのもいいけど、たまにでいいわ。やっと、一人になれたんだもの。

その言葉が麻子の耳に残った。

やっと、一人になれた。安堵と解放感に満ちた彼女の言葉に、麻子は直感的に共感を覚えた。そして、この女性も、一人であることの意味を探しているのかもしれない。そんな気がした。

よかったら、スケッチさせてくれないかしら？

エッ、わたしを？

麻子は戸惑い、女の顔を見た。

そう、なかなかいい面構えをしてるわ。

そう言われると、すぐ舞い上がるほうだから、じゃこの際。こんな感じでいいですか。

麻子はちょっと姿勢を正し、足をそろえた。

ウーン、もっとリラックスして。横向きでいこうかな。あの辺の木を見て。

女は少し離れた梅の木を指さした。

いつのまにか、周りでお弁当を広げていた人たちもいなくなって、辺りはまた静けさを取り戻していた。

心地よい風とともに、静寂が梅林の樹木の間を縫いながら青く高い空に吸い込まれていくようだった。女がどんな表情でスケッチしているのかは見えなかったが、スケッチブックに鉛筆を走らせる女の気配や息づかいは伝わってきた。

どのくらい時がたったのだろう。少し風が強まって梅の枝々を揺らし始め、蕾はまるでシーソーに乗った子供たちのように見えた。

はい、いいわよ。

女の声で、麻子は反射的に女の手元を見た。

なんだか、ドキドキ。

そう言いながら、麻子はスケッチブックをのぞき込んだ。

うわぁ、リアル。顎のたるみもバッチリで。

フフフフ、そうなの。その辺を譲らないのが信条で。

女はちょっとふざけるようにして胸をそらせた。

なんかギョッとしますね。全部見透かされているようで。

そんな、わたしなんか、まだまだ。こんなのでよかったら差し上げるわ。

エッ、いいんですか、うれしい。

女はスケッチブックから、その一枚を切り取ると麻子に渡した。麻子はまるで賞状をもらうように両手でそれを受け取り、もう一度ゆっくり眺めた。

自分で言うのもなんだが、なかなかいい顔だった。それはきれいとか美しいとかいう範疇を超えて、いまここにあるありのままの存在感を漂わせていた。皺もたるみも、そしてどことなく疲れた雰囲気も、自分という存在へと向かってくるベクトルのように麻子には思えた。

じゃ、わたしも一枚撮らせてもらっていいですか。

麻子はそう言うとカメラをちょっと持ち上げた。

エー、こんどはわたし？　どうしたらいい？

そのままで。

スケッチブックを持ったままで、女はまっすぐにカメラを見つめた。その理知的な眼差しはまるでフィルターなど通らないかのように、ダイレクトに麻子の胸に迫ってきた。どんな風雪を通り抜けてきたのかは知らないが、意志の強さを感じさせる、そんな風貌だった。

きれいに整えられた白髪のショートカット。顔に刻まれた皺は決して不快なものではなく、むしろ品のよい面立ちに落ち着きを与えていた。麻子は気がつくと角度を変え、二十枚ほど女を撮っていた。

そんなに撮って、もったいないわ。

被写体がいいと、つい。

笑った女をもう一枚撮った。

よかったら、一枚いただけるかしら。

ええ、もちろん。モノクロでよかったら送ります。

まぁ、ありがとう。じゃ、ここに住所を書くわね。

女はさっき描いた麻子の顔の絵の裏に鉛筆をサラサラと走らせた。

星川登志子さん。素敵なお名前ですね。

そうですか。名前だけはね。

はにかむように女は笑った。

あら、失礼。わたし、野木麻子といいます。写真、必ず送りますから。

ええ、楽しみにしてるわ。よかった、お会いできて。一人で気ままにが最高だと思っているのに、やっぱり人恋しくなる時もあるのね。

麻子と星川登志子は軽く挨拶を交わして、その場で別れた。これまで旅の途上で出会った人々と同じように、さりげなくすれ違う感じで。快い別れの余韻が、いままさに咲こうとしている梅の樹々の間を漂っているようだった。

*

麻子が住んでいるのは東京の吉祥寺。この街も変わった。小さい頃から慣れ親しんだ所がたちまち変わってしまうというのは、やはりどこか寂しい。ハモニカ横丁をブラブラ歩き、昔からある店の前を通ったりすると、麻子はなんだか時間の迷路に迷い込んだような気がする。

風景が変わっただけではない。若者の街と言われるようになって、のどかだった田舎町の人の流れにも若者がどっと増え、活気が出てきた。それにつれて、街全体が忙しいことになってきた。歩くこと、見ること、買うこと、なんでもせっつかれる感じだ。

街を行く若者たちの姿を見ていると、かつての自分の姿に重なる。ファッション、髪の色、話し言葉、それに胸に渦巻いているだろうモヤモヤした思い。いま目の前を行く彼女たち、彼たちが決して遠く隔たった存在ではないな、と麻子は思う。

いつのまにか、ごく自然にこの街に住み、歩き慣れた道を娘と一緒に歩いている心地よさを味わいながら、麻子は気がつけば中年の自分がどこかいとおしいような感じがした。

なに食べようか。

ン、きょうのところはイタリアンといくか。

娘の夏実が麻子を見下ろしながら言った。ポパイの漫画に出てくるオリーブのようにひょろりと細い子で、歩く鉛筆といったところだ。

どこ行く？

やっぱり、あのガラ空きのところ。もうなくなってるかもしれないけど。

夏実が言うように、この街の栄枯盛衰はすごい。ちょっと行かないでいると、もう店がなくなっていたりする。前の店がなんだったか忘れてしまうくらい、めまぐるしく変わる。

それでいて駅からだんだん遠ざかると、薄汚さが人気を呼ぶ飲み屋があったり、もうずいぶん前につぶれた小さな食堂の汚れ果てた窓から、紺地に白い玉模様の湯飲みがひっそり見えていたりする。麻子はこの街の古さと新しさがどんなふうに混ざり合っていくのかを眺めているのも好きだった。

麻子と夏実は駅から離れたビルの地下にあるイタリアン・レストランに入った。きょうも一番乗りだ。これまでに五回ほど来ている。こう言ってはなんだが、まず先客がいたためしがない。それに客入りのいい時間帯になっても、広いスペースに客はほんの数えるほどしかいないということも決して珍しいことではない。客からすると、静かなところでゆっくり飲みかつ食べ、話ができるというわけだ。

静かな店といえば、以前に行っていた、やはりイタリアン・レストランもだんだん客が減っていき、ある日行ってみると閉店を告げる張り紙が風にはがれそうになっていた。この街で商売に成功すれば、どこへ行っても成功すると言われるくらい競争が激しいから、そういうこともよくある。それは寂しいけれど仕方のないことなのだろう。

アサはビールだよね。

うん。

じゃ、ビールでいこう。

夏実は麻子のことをアサと呼ぶ。

麻子はおかあさんと呼ばれるのには抵抗があるので、夏実が小さい頃からアサと呼ばせてきた。おかあさんという配役だけじゃつまらない。

いつものように魚料理を主にして、夏実の大好きなガーリック・トーストも頼んだ。

カンパーイ。

客のいない店内に二人の声が響いた。貸し切りのような雰囲気の店に「イマジン」がゆっくりと流れている。

アー。

オー。

麻子と夏実はビールをグッと飲むと、まるでオッサンのように声をあげた。

やっぱり効くよね、初めの一杯は。

うん、これあっての人生だ。

アサはこのために生きているんだよね。

ま、そういうことかな。酒と山歩きの日々。ハハハハ。

他に客がいないから、二人の笑い声がやけに大きく響く。麻子にとっては、こういう日がくるのが待ちどおしかった。夏実が大きくなって、二人でお酒を飲めるようになるのを楽しみにしていたからだ。

一人で子供を産み、一人で育ててきた。それは麻子にとって、ごく自然なことだった。だが、夏実にとっては戸惑うこともあっただろう。二人で旅行をした時、旅館のおばさんに、おとうさんはお留守番？　と聞かれたことは数知れない。

いわゆる頭数がそろっていないと、人は気になるのだろうか。カップルでいると、お子さんは？　母と子でいると、おとうさんは？　父と子でいると、おかあさんは？　子と子でいると親は？　とくる。

このメンバーがわたしたちの自然なんです、と言っても尋ねたほうはキョトンとしている。欠員なき家族メンバー、それこそが理想の家庭として幅を利かせている。

ありふれた家じゃなくてよかったよ。ユニークでいいよ、アサと二人は。

高校生の頃にそう言った、夏実の屈託のない笑顔がこれまた自然だったのを、麻子はいまでもはっきりと覚えている。

ほんとうはそうじゃない。子供の心をわかってあげなくちゃ、といった周りの詮索が麻子にとってはかえって不自然に響いた。ここまでの道のりが長かったのか短かったのかはなんだかぼんやりしている。はっきりしているのは、道のりの長短ではなく、その道の険しさだった、と麻子はいまになって思う。

うん、このサラダ、いつ食べてもイケるね。

お気に入りのシーフード・サラダをほおばって、夏実は満足げだ。

夏実はサラダとガーリック・トーストさえあればいいから、安あがりでいいね。

ほんと、親孝行な娘だ、フフフ。だけど、アサもカジキの香草焼きにこだわるよな。

ああ、まぁ、うまいものはうまいとしか言いようがない。ウーン、たしかに美味じゃ。

皿数が少ないのはいつものことで、質素こそビューティフルを信条にしている麻子と一緒に生活してきた夏実も、いまどきの娘にしては何事にもシンプルだった。

夏実ももうすぐはたちになるのかぁ。人生遥か二十年。感慨深いものがあるなぁ。

そう言うと、麻子はビールのグラスをグイッと空けた。

いやだぁ、ずうっと女子高生でいたかったぁ。自由奔放、無敵の女子高生、あの頃が最高だった。あとはもう、ばあさまになるばっかり。

ばあさま、いいじゃない。シワも美なり。若い女だけがきれいっていうのは滅びゆく神話だね。わたしなんか坂道をころがるように大波のシワ加工が進行中。いよいよ美を極める佳境に入ってきたなぁ。

やっと一組の客が入って来た。若いカップルだ。二人が座るのを見て麻子はほっとした。静かな居心地のいい店。でもお客さんが入ってくれないと、やはり心配だ。

オー、若者。どんどん注文して。しっかり食べて明日を生きるんだぁ。

麻子が小声で言うと、夏実が吹き出した。

アサには負けるよ。いつか超えてみせる。

ハハハ、そう簡単にはねぇ。年期入ってるから。

くだらない駄洒落を言い合いながら、夏実とじゃれ合うように生きてきたこの歳月は、麻子にとって深刻で苦しかったようでもあり、その反面、どことなく漫画っぽいものでもあった。

漫画っぽいと思うのは、もう夏実が大きくなったからかもしれない。まだ小さい頃は危険なジャングルで生きる動物の親のように、この子を守らなくちゃと肩に力が入っていたものだ。

とにかく元気で大きくなってくれればいいという麻子の願いどおりに、夏実はひょうきんな、ほんとうに漫画のキャラクターのような子になった。

だが、光が強い分だけ影もまた濃い。麻子は夏実のなかにそんなところがあることをずっと感じていた。このところ夏実はアルバイトには行っているが、大学のほうへはとんとご無沙汰している。はじめは夏実もキャッキャッやっていたが、そのうち大学には興ざめした、と麻子に話したことがある。

でも、それを聞かされても麻子はがっくりしなかった。

そりゃそうだ。日本の教育は腐り果ててる。それを自分の目で実際に確かめたってことに意味がある。

こんなふうに夏実に言ったような記憶がある。それでホイホイと、夏実は大学にソッポを向いたということか。

あたし、やめていいかな。

夏実がそう言うのとほとんど同時に音楽が変わって、「ザ・ロング・アンド・ワインディング・ロード」が流れ始めた。麻子が一番好きな曲だ。いつのまにか店内には客が六人ほどになっていた。

やめてって？

ガッコ。

まっすぐ麻子の目を見て夏実が言った。いつかはそんなことを言い出すかもしれない。そう思っていたので、麻子は驚きはしなかった。

ふーん、そうかぁ。

うん。

決めたんだ。

うん。バイトしながら、やっぱり映画のほうへ。

夏実がちょっとはにかむように言った。

そうか。やりたいことやってごらん。安全確実、有利なんて人生じゃつまらないよ。

でもお金、無駄にしちゃってごめん。

ハハハハ、そりゃ、しっかり返してもらうからね。

ゲッ。

おどけて夏実がのけぞった。

回り道したほうがいい。そのほうが人の心の機微や痛みがわかるようになる。人生はスリリングでなくっちゃねぇ。

うん、スリリングな映画みたいに。

調子に乗るな、フフフ。よし、情熱の赤ワインで乾杯しよう。

その時の久々に見せた夏実の笑顔は、グラス・ワインの赤よりもずっとまぶしかった。

麻子はなぜかがっくりとはしなかった。それは夏実が小さい時から、最終的には自分のことは自分で決めるように方向づけてきたせいだろう。

子供は親の所有物ではない。親の夢や見栄を押しつけて、親の都合のいいように育てるものではない。子供の自己決定権を尊重すること、倒れたら自力で立ち上がること、人の心、生きもの、自然、命をもたないものをも思いやる気持。麻子が夏実を育てる過程で心がけたのはそういうことだった。

だいたい通知表を見たこともなく、保護者欄のはんこは夏実が押していた。三者面談の時、先生の諦め切った話ぶりに、ああそんなに悪いのかと思う程度だった。いよいよ高校のどん詰まりで塾に行くのを決めたのは夏実自身だった。

先生というのはマイナス評価しかできない人々なのだろうか。進路相談ではあれも不可能、これも不可能と、子供の夢に対してはまるで否定的な先生ばかりだった。そこまで言うならと夏実が希望を曲げなかったのは、麻子にとって痛快だった。そして結果的には夏実は合格し、先生は狐につままれたような顔をして腰を抜かした。

だが、なによりも麻子の心に残っているのは夏実が中学生の時、いつも通る通学路にこぼれたごはんをつついている雀がいたので、このまま歩いたら雀がびっくりして飛んで行ってしまうから、と引き返し、別の道を通って帰ってきた時の静かな感動だ。

それからまだある。あれは高校生の時だったろう。すべてが偏差値で機械的に振り分けられ、人間性や人格を見ようとしない現実の中で見事なまでに低空飛行を続ける夏実が、大事なのは心の偏差値だよね、と言ってのけたあの爽快さ。

麻子は夏実からこれまで、目に見えない大切なものをたくさんもらってきたような気がした。そもそも麻子の内に宿りながら、日々膨張することによって人格の存在を主張する胎児。そして、息む麻子よりももっと強力なパワーで産道を突き進む生命の力。その実感は麻子が産んだというよりも、夏実が自力で新しい世界に飛び出してきたと言ってよかった。

あれから二十年近くがたち、いま夏実は大学をやめる決心をして歩き出そうとしている。映画を作りたいという希望は中学生の頃からのものだ。大学で映画研究会に入ったものの、飽き足らないものがあったのだろう。そして大学そのものにも失望した。夏実の選択は当然のように麻子には思えた。

いつか夏実が麻子のもとから飛び立っていく日まで、大海に漂う二枚の木の葉のようにスリリングな冒険を楽しもう。麻子はそんなふうに自分を煽った。

＊

吉野梅郷で出会った星川登志子から、送った写真のお礼とまた会いたい、という手紙が来たのは麻子の仕事がちょうどピークにさしかかっている時だった。自称ぐうたら翻訳家の麻子もさすがにお尻に火がついていたが、だからこそこんな時、人に会ってみたくなるのが、ぐうたらのぐうたらなる所以《ゆえん》だと思い返し、麻子は手紙をもらった二日後にはもう登志子に会うことにした。

まだ一度しか会っていなかったが、麻子は登志子にはどこか人を引きつけるところがあり、なにか通い合うものがあるような気がした。登志子の手紙は文面といい、その達筆さといい、登志子のひととなりを物語っているようだった。その手紙に誘われるように麻子は登志子の家に遊びに行くことにした。

登志子の住む町は東京近郊なのに、線路の両側に広がる風景はのどかな田舎町というところだった。大きな駅だと改札口で待ち合わせても相手をなかなか見つけられないが、人もまばらなその駅の改札口では見覚えのある登志子の笑顔がすぐにわかった。

こんにちは。

麻子は笑いながら右手をちょっと上げて登志子に近づいた。

こんにちは。遠くまで来ていただいて。

こちらこそ図々しくやってまいりました。

梅の季節を経て、辺りは春たけなわだった。登志子はあの時にはしていなかった薄いワインカラーのメガネをかけていて、それがキリリとした顔立ちを和らげていた。

のどかで、いい所ですね。

そうですか。よかった、気に入ってもらえて。

風がおいしい。

麻子は体操の身振りで、大きく息を吸い込んだ。

ここから歩いて十五分ぐらいだけど、ゆっくり行きましょうか。

はい、二人とも健脚ですからね。

そのとおり。

二人は軽やかに歩き出した。

駅前と言っても、ちょっとした店が何軒か並んでいるだけのこぢんまりしたものだった。

町を行く人の足取りものんびりしていて、麻子も自然とそのペースになった。

高い建物がほとんどない町というのは実に風通しがいい。まぶしいくらいの光と風が辺りに溢れ、麻子と登志子を包んでいた。麻子はもうそれだけで幸せな気持ちになった。仕事をしている時は家に籠《こ》もりっきりだから、それから解放されて外に飛び出す時のうれしさはなんとも言えない。

なんだか、跳ねてる感じね。

あ、やっぱり。なんとなくうれしくって。

じゃ、山にでも行きますか。

それもいいかも。

登志子の誘いに麻子がすぐ乗った。

きょうのところはがまんして。なんせ、ご馳走を用意してあるから。

わぁ、やったぁ。来てよかった。

あなたって、ほんとに面白い人ねぇ。やっぱり、わたしの目に狂いはないわ。フフフフ。

登志子はまるで娘でも見るような眼差しで麻子を見た。

そりゃ危険。初対面のわたしにすぐ住所を教えたりして。

そこは眼力よ。間違いないと思うけど。

ええ、間違いない……かも。

麻子が吹き出すと、つられて登志子も吹き出した。

いつのまにか、ぽつぽつあった商店も途絶えて、野原や林の中の所々に家があるといった風景が広がってきた。

ほんとにいい所ですね、ほっとする。

そう、自分で言うのも変だけど、わたしもほっとするの。あ、もうすぐよ、その角を曲がると。

空が広い。そして青い。至る所春に包まれた野に風がゆっくりと吹き渡っていく。どこまでも青い空に向かって、思いっきり手を差しのべるように枝を広げた樹々の中に、登志子の家はあった。

垣根があるような、ないような広い庭に足を一歩踏み入れると、その先にまさに年代物といった感じの民家がどっしりと建っていた。

うわぁ、すごい。撮らせてもらってもいいですか。

麻子はそう言いながら、もうカメラを構えていた。

ええ、こんな古い家でよかったら。

登志子はシャッターを押し続ける麻子を玄関先で見守っていた。麻子は出かける時にはたいていカメラを持ち歩くことにしていた。古いもの、忘れられたもの、壊れたもの、壊されたもの、誰も気づきそうもない面白いもの。麻子の目はそういうものへ向かった。

家の近くに靴屋の原形ここにありっていうような、ほとんど文化財ものの靴屋さんがあって、撮ろう撮ろうと思っているうちに、あっという間にマンションになって、あれは残念。

そう、見たかったわ、その靴屋さん。いろんな事情があるんでしょうけど、古いものが消えていくのは寂しいわね。よかったら中へどうぞ。

登志子は玄関の引き戸を開け、麻子を招き入れた。ふと麻子は異質な空間の中に迷い込んだような気がした。

黒光りする柱や床、太い梁《はり》。そして長い歳月を重ねてミルクティーの色合いになった白壁が淡い光を放ちながら、長い廊下を照らしていた。

若いから椅子のほうがいいでしょ。

どちらでもといきたいところなんですが、やっぱり正座は苦手なほうで。

じゃ、こっちのほうがいいわね。

通された部屋は簡素な美を極めたような民芸調の居間だった。よく磨き上げられた丸テーブル、それを囲む椅子に置かれた藍染めの小座布団。窓辺の小ぶりの箪笥《たんす》にはあけびの一輪挿しに桜草が二輪。そこには心安らぐ静謐《せいひつ》な空間が広がっていた。

さ、どうぞ、座って。

あ、はい。

雰囲気のある部屋にボーッとして見とれていた麻子は、われに返って椅子に腰掛けた。

硝子戸越しにさりげなく咲く野の花が風に揺れている。忘れていた風景がいま目の前に蘇ったような気がして、麻子は野の花に見とれていた。

きれいですねえ。

そうですか。なんにもしていないの。生きるに任せているだけ。

ふーん、そういうのがいいのかもしれない。自然のままに。

ただ無精なだけなのよ。呆れて花のほうがしっかり咲いているんでしょ。

アハハハ、それは面白い言い方ですね。

静かな部屋の空気の流れが、麻子と登志子の笑い声にゆっくりと揺れていた。麻子はふと、いまここにいることの不思議を思った。登志子とはもうずっと前から知り合いだったような気がして、そのこともなんだか妙な気がした。

全く知らない者同士が出会い、そして親しくなっていくことの、縁とも言える関係を麻子はいまゆったりとした気分で楽しんでいた。

さぁ、召し上がって。

登志子はテーブルに紅茶とスコーンを置いた。紅茶のよい香りが辺りに漂った。ティーカップは登志子の手作りで、上品な薄いルリ色をしていた。

わぁ、おいしそう。いただきまぁす。

軽くね。このあとが酒宴だから、フフフフ。

それじゃ、胃袋ほとんどあけておかないと。

麻子はうれしそうに紅茶を飲んだ。ほのかな香りが心の奥底まで染み込んでいくようだった。その温かさは登志子の人柄そのものの温もりのような気がした。

古い家って落ち着きますね。なんだかずっとここに自分が住んでいるような、そんな気分。

そう？　わたし、一人になってほっとした。

その時、登志子と麻子の視線が重なった。しかし、麻子は登志子の言葉の意味を敢えて聞かなかった。いまはまだ、その蓋を開けてはいけないような気持だった。

風に小さな草花がなびき、漆黒の家具に囲まれた薄暗い部屋から見るからこそ、外の風景のきらめきと広がりはいっそう際立って見えた。

さて、そろそろお待ちかねの酒宴へと。

麻子がふざけた調子で言うと、登志子も負けてはいない。

では、お待たせいたしました。

うん、その調子、その調子。

登志子は長い廊下の奥の台所へ。麻子も手伝おうと登志子の後について行った。手伝うといっても、すでに登志子が用意していた料理を和室のほうへ運ぶだけだったが。

わぁ、松花堂弁当、おいしそう。

これって、おしゃべりしたい時に一番いいのよ。一度出したら、あとはドカッと座ってゆっくり話せるでしょ。

ええ、手作りってところがまたいい。本格的。

フフ、ありがとう。さ、いただきましょう。

はぁい。

麻子はまるで母親に返事をするように、少し子供じみた声を出した。

和室の雰囲気も居間に似ていた。極力、物を置かず、最後に残したものはこれといった潔さが、床の間に一つ置かれた花器に漂っていた。壁に掛けられた藍のタペストリーはかすかな秋草模様で、微妙な光と影の中で静かな存在感があった。

それじゃ、ワインで乾杯。

登志子に勧められて麻子はワイングラスを手にした。白ワインの輝きが部屋のほのかな暗さに映えて、麻子はしばらくその光のどことなくはかなげな揺らめきに見とれていた。

女同士は気楽でいい。特に野木さんは初めて会った時から、なんだか前から友達だったみたいな。人ってわからないものよね。長い間知ってるからよくわかっているというものでもない。まだ会って間もないのに、なんとなくわかり合えそうなそんな気がするの。

登志子はワイングラスに唇を寄せながら静かにそう言った。

そう、わたしも。直感っていうのかしら。星川さんに会って、なんだか心に残るものがあった。きっとなにか縁があるっていうのか、そんなものがあるのかもしれない。

そう言われてみると、ほんとうに。まあ、とにかくお友達になりましょう。

登志子は温かい眼差しで麻子を見た。麻子も微笑みを返した。もうそれだけで十分なような気がした。

ワインがここちよく体の奥深くに染みていくのがわかった。気を許せる相手と飲むことがこんなにも安らぐということを麻子は久しぶりに味わっていた。

さぁ、もっといかが。

登志子がこんどは赤ワインを別のグラスに注いでくれた。いつ添えてくれたのか、和風のステーキがテーブルに置かれている。粉引の皿がステーキのなんとも言えないテリを引き立てていた。

こんな自然の中で暮らせたら、心にも体にもいいでしょうねぇ。

そうねぇ、自分ではあんまり意識しないけど、来た人はだいたいそう言うみたい。確かに心にはいいかもしれないと思うけど。

でしょう。長生きできる、こういう所なら。

麻子が呟くように言うと、登志子はその言葉をやさしく受け止めるように微笑んだ。

松花堂弁当は実においしかった。煮物に鰤《ぶり》の焼きもの、海老や野菜のてんぷらもあっさりしていて新鮮だったし、麻子の好きな穴子もほくほくしていた。

いいお友達ができてよかった、ほんとうに。わたし結構気難しいの。好き嫌いが激しいっていうのかしら。だから友達がそんなに多いってわけじゃない。人を見る目が厳しいのね。

たくさんいればいいってものでもないし、ほんとうに自分をわかってくれる人はそうたくさんはいないでしょう。

ええ、一人いるかいないかぐらい。それでいいのよね。

いつのまにか庭には午後の日差しが差し始め、柔らかな光の中に風の螺旋《らせん》ができているように麻子には見えた。ここに来てよかった。麻子は心からそう思った。それは登志子の人柄に引かれたということもあるが、その奥にもっとなにか深い意味があるような気がしてならなかった。

わたしって、なかなか自分を外に出さないのよ。それがあなたの前だとどういうわけか肩から力が抜けて、ありのままでいられるのね。

登志子は麻子の目を真正面から見ながら、そう言った。

そう言ってもらうと、なんだかうれしいけど、わたしも登志子さんといると、自然でいられる。わたしたちって多分相性がいいのかもしれない。

麻子はほんとうにそう感じていた。最近そんな出会いはあまりなかった。

後から少し散歩でもしてみましょうか。

あ、それ、いいわね。酔い醒ましにブラブラと、結構いい所あるのよ。

おいしいものを食べた満足感と素敵な時間を過ごした幸福感に麻子は酔いしれていた。

ごちそうさま、ほんとうにおいしかった。これが幸せってもの？

ま、そういうことでしょ。幸せってものは案外ごく単純なもののような気がするけど。

まさに青い鳥っていうところか。

たわいのない話をしながら、麻子と登志子はゆっくりと午後のひとときを過ごした。辺りには物音もしない。静寂が流れ、時にはあまりにも静かすぎてなんだか深い眠りに誘いこまれるようだった。

真の安らぎとはこういうことをいうのだろう。麻子は自分がいつもの自分とはどこか違うような気がしていた。日ごろの忙しさを忘れて、こんなにもリラックスしている自分がどことなくいとおしく思えた。生きることに身構えてばかりいる日常から解放されて、いま麻子は心の底から自然体でいられた。

人に心惹かれるのにはなにか訳があるだろう。その訳をはっきり言うことはなかなか難しい。どことなく曖昧だからこそ自分でも満足しているような変なところがある。もし、はっきりしてしまうと、それはきっと違うだろうと思うかもしれない。麻子はそんなはっきりしない自分の気持をむしろ楽しんでいた。

そして、登志子とはこれからいい友達になれそうな気がした。しかも単なる友達ではなく、もっと心の深いところでつながり合えるような予感を麻子は感じていた。

# 迷い草

締め切りが近いこともあって、麻子は毎日気合が入っていた。夏実も相変らずアルバイトをしながら、友達と映画作りに熱中している。同じやるなら楽しんでやろう、というところは麻子に似ているようだ。

麻子は目下のところ、仕事に満足していた。これまでは夏実を育てるためにやりたくない仕事もやってきたが、このところ、いままでやりたいと思っていたものを手掛けるようになっていた。長いこととやりたかった女性史の翻訳をやるようになって、まさに乗っているところだ。

猛暑の夏がたちまち去っていって、もう秋風が立ち始めていた。これからが追い込みと麻子は連日夜遅くまで仕事をしていた。

夜中、一時を過ぎた頃、突然ドアをたたく音がした。それとほとんど同時に絞り出すような女の声が聞こえた。

麻子、助けて。

麻子は反射的にドアを開けた。

そこには蹲《うずくま》る人影があった。

しっかり、しっかりして。

麻子は女の体を抱きかかえて部屋の中へ入れようとしたが、ぐったりしている女は動かない。

夏実、夏実、起きて。

夏実が跳び起きてきた。

どうしたの？　誰、この人？

それより早く中へ。

麻子と夏実は女を部屋の中へ運び込んだ。

麻子、ごめんなさい。

女はか細い声で言った。その声に聞き覚えがあった。

るり、るりじゃない？

麻子は女の顔を覗き込んだ途端、叫んだ。

ど、どうしたの？　ひどい。

るりの顔は赤紫色に腫れ上がっていた。その服はあちこちで破れていて、そこから血が流れ、足にも血がにじんでいた。るりの人相は一変していた。どうやってここまでやってきたのか不思議なくらい、るりの全身は傷だらけだった。

救急車呼ぼう。

麻子が緊張した顔で受話器を取った。

ううん、いいの。

るりが呻くように言った。

でも、このままじゃ。

お願い、あした行く。

るりが懇願するような眼差しで麻子を見た。

ほんとにそれでいいの？

麻子が念を押すと、るりが崩れるようにうなずいた。

うん、わかった。じゃ、あした必ず。

麻子がそう言いながら、るりの手をそっと握った。

るりはこらえ切れなくなったのだろう。麻子の胸にしがみつくようにして号泣した。激しく体を震わせて泣いているのに、るりの泣き声はかすれて、ほとんど声にならなかった。

麻子と夏実はるりの傷の手当をしながら、その怪我のひどさに改めて驚いた。とくに顔はまぶた、頬、口の周りが腫れ上がって、見るからに痛そうだった。

麻子はるりから話し出すまで、敢えて怪我の訳を聞かなかった。それよりも、いまはるりをゆっくり休ませ、あした医者に連れて行くことだ。すべてはそれからでいい。麻子は自分に言い聞かせるように呟いた。

台所で夏実がミルクを温めていた。

ぬるめにしておいたけど、染みるかな。

ティーカップをるりの前に持っていき飲ませようとすると、るりは少し首を振り、手でティーカップを持とうとした。

ありがとう。

るりが夏実に、か細い声で言った。夏実はるりにティーカップを渡した後も手を添えて見守った。るりは両手でティーカップを持ち、ゆっくりとミルクを飲んだ。

痛っ。

るりが顔をしかめた。

染みる？

るりがうなずいた。

ごめんなさい。

夏実が謝ると、るりは首を横に振った。

ミルクを飲んで少し落ち着いたのだろう。るりは顔を上げて麻子と夏実を見つめた。

ほんとにごめんなさい。迷惑かけて。

いいから、そんなことは。なんにも考えないで、いまはゆっくり休んで。

ありがとう。ほんとにありがとう。

るりの目から涙があふれた。

麻子も夏実ももらい泣きしそうだった。

長い夜だった。るりを着替えさせて寝かせるまで麻子と夏実は右往左往して、着のみ着のままのるりにどのパジャマが似合うかでもめたりした。そんな二人を見て、るりがちょっと微笑んだように見えた。

電気を消すと、まもなくるりの寝息が聞こえてきた。なにがあったかは知らないが、あの傷からすればどんなにつらい思いをしたかはすぐ察しがつく。るりの寝息を聞きながら麻子は心の底から怒りが湧いてくるのを覚えた。

るりとは高校時代からの友達で、気が合ったうえに家が近いこともあって、時々会ったりしていた。すごいエリートの学者と結婚して子供もでき幸せそうに見えたが、それは表面上のことだったのだろう。るりも、哀しいくらい幸せ芝居がうまくなっていく女の一人だったのかもしれない。

目の前にいるるりはるりでありながら、るりとはまるで違っていた。形状が違っているだけでなく、るりの存在、その内面性、人間性までがまるで別人に見える。なにかの力で決定的に別のものになってしまったような感じがする。

その圧倒的な変わりように麻子はたじろぎながらも、なにがるりをこうまで変えてしまったのか知りたいと思った。こんなるりを見たくないと思いながら、るりの内面への関心は強まるばかりだった。

翌朝、麻子は夏実と一緒にるりを病院に連れて行くことにした。るりはほんの少し落ち着いたように見えたが、傷のほうは痛々しいままだった。ほとんど喋らないで、なにかじっと重いものを飲み込んでいるようだった。

病院は近い所を避けて、人目につきにくい少し遠い所を選んだ。夏なら怪我も目立つが、長袖の時期なので見えなくてすんだのは助かった。しかし、顔のほうはサングラスにマスクというどことなく目立つ格好になってしまった。足取りはふらついていたので、麻子と夏実はるりをかばうようにして病院の廊下を歩いて行った。

るり、大丈夫?

るりはうなずきながらも、少し顔を歪めた。

なんにも心配することないからね。

麻子はるりの体を支えながら、手に力を込めて言った。

ありがとう。

るりの体のどこからか、かすかに声がした。

待合室はひどく混んでいた。サングラスにマスクのるりは確かに目立っていたが、待ち時間の長さにみんなうんざりしていたから、誰もそれほど気にしているようでもなかった。

夏実がいつのまにか缶コーヒーを買ってきて、その一つをるりに渡した。

ありがとう。

るりが夏実に一瞬笑顔を見せた。ゆっくり少しずつ缶コーヒーを飲むるりの横顔に、きのうとは違う安堵の色がわずかに見えた。

一時間ぐらい待っただろうか。ようやく順番が回ってきた。麻子と夏実は両側からるりを抱えて診察室に入って行った。サングラスにマスクをしたままのるりを見て、看護師は怪訝そうな顔をした。るりは椅子に腰掛けてもサングラスとマスクをしたままだった。

どうしました?

目の前の医者がうつむいているるりの顔をのぞき込むように聞いた。るりは黙ったままだった。

はい、怪我を……。

麻子が咄嗟に答えた。

ちょっと、それをはずして。

こんどは看護師が言った。

るり、大丈夫。心配しないで。

麻子がるりの肩にそっと手を置いた。るりはためらいながらもサングラスとマスクをはずした。

あらぁ、ひどい。

看護師が驚きの声をあげた。

どうしたんですか？

医者がるりの顔を左右から眺めながら聞いた。

……。

るりは下を向いたまま黙っていた。

どうしたんですか？

医者が麻子のほうを見て尋ねた。

あ、はい、わたしもよくは。

事実そのとおりだった。きのうのるりには怪我の訳をとても聞ける状態ではなかったし、麻子はるりが自分から言い出すまでと思っていた。

そうだ、わたし、なにも知らないんだ。

いま、そのことに気づいた自分がなんだか変に感じられたが、同時に麻子はるりの言葉を聞くのが怖いような気もした。

その時、るりがこれまで抑えていた感情を一気に爆発させるように、顔を両手で覆って呻いた。

るり。

麻子は右腕でるりの肩を包んで、少し力を込めた。

わたし、わたし、殴られて。ウウウウ……。

ああ、ひどいことを。誰に？

医者が聞いた。

お、夫です。

え、だんなさんに?

はい、殴られて、蹴られて引きずり回されて。

それまで泣いていたるりが、いつのまにか顔を上げて医者に訴えている。麻子と夏実にはるりの気持の高まりが伝わってくるようだった。後ろからエールを送るような気持だった。

体中だね。ちょっと見せてもらえるかね。

医者がそう言うと、看護師はるりをカーテンのあるベッドのほうへ連れて行った。

痛い?

はい。

骨のほうは大丈夫のようだな。

そんなやり取りがカーテンの中から聞こえてきた。

しばらくすると、るりが看護師に支えられて出てきた。

全身ひどいうっ血ですね。

医者の言葉を、るりは肩を震わせながら聞いていた。

先生、彼女はきのう、体一つでわたしの所へ来てなにもないんです。保険証も。こんなにされて、あんまりです。先生、診断書は書いていただけますか。

あ、ああ、いいですよ。最近、あなたのような人がちょくちょく来るようになってるねぇ。夫にやられたっていう人。

医者は頓着する様子もなく、すんなり麻子の言葉を受け入れた。咄嗟に診断書という言葉が麻子の口をついて出たのは、前にＤＶ《ドメスティック・バイオレンス》について書かれた本を翻訳したことがあったからだ。そこには夫やパートナーから暴力を受けた時、その証拠となる記録を残したり、医者から診断書を書いてもらったりするようにアドバイスが書かれていた。

その本を訳したことがこういう形で役に立つとはと思うと、いま麻子は少なからず興奮していた。目の前のるりのためにできること、それがまさにあの本にぎっしり詰まっているのだ。診断書はまずその第一弾というところだった。

痛みのほうは少しずつとれていきますから。跡が消えるのにはかなり時間がかかりそうですが、気長に考えて。

診察が終わると、医者はるりを元気づけるように太い声で言った。

ありがとうございました。

るりの声に力がこもっていた。麻子はそのはっきりした声に驚くと同時に、るりの横顔に気のせいか少し生気が戻ってきたように思えた。

麻子、ありがとう。夏実さん、ありがとう。

そのあとはもう声にならなかった。

ううん、困った時はお互いさま。なにも心配しないで大船に乗った気でいて。

うん。

るりは目を細め、少し安心したように見えた。

麻子が窓口で診断書をもらい、会計をすませて薬の受け渡し口の近くで待っているるりと夏実のところへ行くと、るりは椅子に座って居眠りをしていた。

お待たせ。薬も時間かかりそう。

小声で夏実に言うと、るりが目を開けた。

疲れたでしょ。薬が出るまで寝てて。

うん、ごめんね。

眠たそうな目で、るりが麻子を見上げた。

診断書ももらったし、もう大丈夫。

麻子がまるで自分に言い聞かせるように言った。

アサもなかなかやるじゃない。

夏実がちゃかすように、それでいてちょっとは讃えるように拍手する真似をした。

それを見て、るりの表情がぽっと明るくなった。きのうよりは少し元気になってきたように見えたが、まだまだ憔悴の色が濃かった。

薬を受け取るのに一時間ぐらいかかっただろうか。ようやく病院を出たのは、もう昼近かった。麻子はとてもおなかがすいていた。るりはどうだろう。

るり、おなかすいた?

え、ええ。

じゃ、食べに行こう。腹が減ってはだからね。

おう、賛成。

夏実が手をあげて、うれしそうに答えた。

なにが食べたい？

うーん、あんまり。

るりが力なく言った。

しっかり食べて。とにかくうまいものを食べれば道は開かれるんだから。

アサが言うと、もっともらしく聞こえるから不思議。

三人は駅の周りを歩いて、結局のところ、お好み焼を食べることにした。

豪華にいこうと思っても、やっぱりこれだからなぁ。これでいいんだよね、きょうのところは。

そういうこと。アサはいつもこの調子。もう慣れっこだから。

アサと夏実の掛け合いに、これまでるりを支配していた緊張が少しほぐれたのだろうか、るりがクスッと笑った。

さぁ、みんな、たくさん食べようね。

麻子の掛け声で三人は顔を寄せてメニューをのぞき込んだ。

ビール飲もうよ。

うん、それがいい。

夏実が即座に言い、ビールとお好み焼を注文した。

麻子、夏実さん、ありがとう、ほんとに。

なんのこれぐらい。人生いろいろある。

うん。でも、わたし、こんなこと言うとあれなんだけど、怖くて。こうしていても。

そう、そうだよね。こんな目に遭ったんだから。

病院にいる時も、男の人が近づいてきたり男の人の声を聞いたりすると怖くて。アイツが追いかけてきて、またやられるんじゃないかって。

うん、そうかぁ。

麻子が相づちを打った。しばらくしてビールと大きなお好み焼がテーブルの上に並んだ。

おお、腹が減っては戦はできず。

夏実が歓声をあげて、るりのほうを見た。

じゃ、まずは乾杯といくか。

麻子が音頭をとって、三人はグラスを響き合わせた。

ウーン、うまい。

麻子と夏実の声がほとんど一緒だった。るりもビールにちょっと唇をつけた。

これ、おいしい。

夏実がお好み焼をほふほふ言いながらほおばった。

るり、いっぱい食べてね。

うん。

いつのまにか、そばにいた客もいなくなって店の中はひっそりしていた。が、それがかえって三人の気持の高ぶりを静めてくれた。

おいしい。

るりのボソッとした一言に、三人は顔を見合わせて笑った。当然のことだが、るりの笑いに力はなかった。それでもきのうのるりよりはずっとましだ。昔のようなるりの笑顔を取り戻すことができたら。すきっ腹に回ったビールの酔いも手伝って、麻子は胸がしめつけられるような気がした。

麻子、なんだか、ちょっと疲れたみたいで。

るりが箸をテーブルに置きながら言った。

あ、ごめん。大丈夫？　早く帰ろう。さ、夏実も。わたしたち、飲み出すと長いからねえ。

うん。

そう言いながらも、夏実は大きな口を開け、お好み焼をほうり込んだ。

麻子と夏実はるりを両側から支えるようにして、そそくさと店を後にした。るりの横顔はお好み焼屋にいた時よりもこわばって見えた。夫が追いかけてくる。そういう強迫観念がそうさせるのだろう。麻子がるりの手を握ると、るりも強く握り返してきた。麻子も握り返した。

るり。

うん。

ただそれだけだったが、るりの手の微かな温もりを通して、るりの気持が伝わってくるようだった。早く家に帰って、るりをゆっくり休ませよう。今の麻子の頭の中にあるのはそれだけだった。

家に着くと、るりを寝かせ、麻子と夏実はるりの身の周りのものをそろえようと買い物に出かけた。土曜日の吉祥寺は人でごった返していた。サンロードの入り口を左に曲がり、人の流れに身を任せてダラダラ歩いていくと、ディスカウント・ショップがある。速く歩こうとしても、この通りではまず無理だから二人ははなから諦めていた。

やっと店に着くと、店内は結構混んでいた。

まず下着。それからパジャマ。

ワゴンの下着をほじくり返しながら、麻子が言った。

じゃ、パジャマ見てみる。

夏実が弾んだ声で言った。

あんまり色っぽいのはやめとくれよ。

あーん、もうアサは。

るりのことでずっと緊張していた二人は、ちょっとだけいつもの調子に戻っていた。な

にもなければ、なじみの喫茶店で紅茶にケーキといくところだが、るりのことがあるから
そんなわけにはいかなかった。

こんなの、どう?

うん、なかなかいいね。もっと派手でも。

なんだ、地味めにって言ったのに。

夏実がちょっと口をとがらせた。

ま、気分転換ってこともあるでしょ。明るめでいこう。

ほい、ほい。

店内には中国語や韓国語が飛び交い、アジア系の客も多い。きょうもそんな感じだった。吉祥寺はのんびり歩けば、安くて気に入ったものに出会える街だ。麻子と夏実は、るりに明るい色のパジャマと下着を買うと店を出た。

ねえ、景気づけにケーキ買おうか。

色あせた駄洒落だけど、行こう。

麻子の誘いにすぐ乗って、夏実がうれしそうに麻子の腕を引っ張った。

夏実のお気に入りのケーキ屋は何軒かあったが、きょうは時間がなかったから、駅ビルの中で買い、二人は急いで家に帰った。

鍵を開け、音をたてないようにして家の中に入ると、
お帰りなさい。

るりの声がした。

あ、起こしちゃった？　ごめん。

麻子が部屋の中をのぞくと、るりが背中を丸めて布団の上に座っていた。

ううん、さっきから起きてたの。

るりさん、ケーキ買ってきたから。

夏実がケーキの箱を自分の前でプラプラさせながら、早くも食べたそうな顔をした。

ありがとう。

るりが丸めていた背中をまっすぐにした。

さあて、じゃ、ケーキを食べよう。

よおし、紅茶は任せておいて。

夏実が待ってましたとばかり張り切っている。麻子はずいぶん長いこと、そんな夏実を見ていなかった。

るり、どれがいい？

ううん、あとからで。

へへへ、なくなっちゃうぞぉ。これなんかおいしそう。

じゃ、それで。

アハハハ、その調子。夏実はこれだもんね。

麻子は笑いながらケーキをそれぞれ皿に移した。

アサはいつも同じなの。アップルパイ以外はケーキじゃないみたい。

夏実があきれたような口調で言った。

麻子がいてくれてよかった。

るりがまるで自分に言い聞かせるように呟いた。

そう。なんだか、うれしい。

確かに、そのとおりだった。麻子がいてくれてよかった……。るりのその一言には深い余韻があった。かすかなようで、どこか温かい。だから自然に麻子も、るりがいてくれてよかったと言えるような。

さあ、紅茶が入った。

三つのティーカップからいい香りが立ちのぼった。きのうの夜から、この部屋に張りめぐらされている緊張感をほんの少しばかり解きほぐすようなそんな香り。西側の小さな窓から入ってくる光の中で傷だらけのるりの両手がティーカップを包み込んだ。

おいしーい。

低い小さなるりの声がティーカップから立ちのぼる湯気の中から聞こえた。

そして、その揺らめきはやがてすすり泣きに変わっていった。るりはティーカップを置くと、堰を切ったように泣き出した。一瞬、部屋の隅から隅まで、あらゆるところに冷気が走ったような感じがした。麻子も夏実も小刻みに揺れるるりの体と、そこから音をたてあふれ出てくる嗚咽を前にして、ただじっと見守っていた。

あのままだったら殺されてた。ウ、ウ、なんてヤツ。

うん。

麻子は深くうなずいてから、涙と鼻水にまみれたるりに、ゆっくりティッシュペーパーを差し出した。るりはすぐさま、それで目を拭いた。

ずっとずっとやられて、もうボロボロ。殴られて、蹴とばされて、髪つかまれて引きずり回されて。

ひどい。

麻子と夏実の声がほとんど同時だった。るりは子供のようにしゃくりあげた。

ね、見て、こんなになっちゃって。

るりは自分の腕や足を見せながら、ティッシュペーパーを強く握りしめた。

そうだ、るり、どうかな。こんなこと言うとビックリするかもしれないけど、その怪我、写真とかビデオに撮っておくっていうのは。もちろん、るりがいやなら、それはそれで。

ん?　写真?

泣きはらした目のるりが顔を上げた。

うん、前にDVを、夫やパートナーから暴力を受けるっていう本を訳した時、やられた証拠に診断書や怪我の写真を撮っておけっていうのがあってね。

るりの嗚咽が小さくなった。その目はまっすぐ麻子を見つめていた。
うん、撮って。写真でもビデオでも。あたし、このままじゃ悔しい。
ほんとに？
うん。いまやっておきたい。
一瞬、るりの赤い目に光が走ったように見えた。それと同時に、夏実が立ち上がった。
あたし、撮る。
低く、はっきりした声だった。
麻子は反射的に夏実を見上げた。夏実の目はこれまで見たこともないほど輝いていた。
麻子はその輝きに圧倒された。
るりさん、撮ってもいい？　ビデオで。
ええ、お願い。
るりはきっぱりと答えた。
よし、話は決まった。じゃ、まずは紅茶入れなおそう。ほら、るり、ケーキ、ケーキ。
麻子がるりと夏実のティーカップに熱い紅茶を注いだ。これまでの重苦しい空気がほんの少しだけ緩んだように麻子は感じた。

どんなふうに撮ろう?

夏実が独り言のように呟いた。

るり、どんなふうにしたらいい?

麻子が聞くと、るりはほおばっていたケーキを飲み込んで少し考えていた。

任せる。お願いします。

るりはそう言って軽く頭を下げた。

じゃ、夏実、出番だ!

うん、でもアサ、こういうことに詳しいんだから助っ人を。

なに言ってんの。自分の力を信じてごらん。思う存分やればいい。

わかった。

夏実は胸を張って、きっぱりと言った。

ここで手取り足取りやったら、夏実の芽をそぐことになるだろう。まっさらなままでやらせてみよう。そう麻子は思った。

よおし、こうなったら、ぶっつけ本番で行ってみよう。

夏実は立ち上がると隣の部屋へ行き、しばらく押し入れをゴソゴソしてから、愛用のビデオカメラを持って来た。

そうだ、ちょっと待って。やっぱりスタートってのが大事だな。

夏実がまた隣の部屋へ行き、こんどはカチンコを持ってきた。

アサ、これやって。

夏実が麻子にカチンコを渡した。

あ、これねぇ、一度やってみたかったんだ。へェー、携帯用の踏切みたい。

それを聞いて、るりと夏実がプッと吹き出した。

アサ、ほら遊んでないで。

夏実がビデオカメラを構えた。

はいはい。テン、ナイン、エイト……。

麻子がカチンコをかざして続ける。

ロケットの打ち上げじゃないんだから。

夏実があきれたような顔をしている。

助走が長いほうがジャンプは高い。

そう言いながら麻子がカチンコを構えた。

るりさん、もうこのままいっちゃうけどいい？

ええ。

るり、疲れたり、嫌になったりしたら、いつでも言ってね。無理しないで。それぇ、踏切パッチーン。

麻子がゆったりした調子で言うと、るりは引きしまった表情でうなずいた。

るりさん、気分どう？

ん、ありがと。なんとか。

夏実のカメラはもう回っていた。ついさっきまで緊張していた夏実が、すごく自然体に見えた。麻子は直感的に、いけると思った。あとは、るりと夏実の世界だ。

あたし、正直言って、ほんと驚いた。

夏実がどことなく軽い調子で言った。

ごめんなさい。もう夢中で麻子の所へ行くしかないと思って。

ううん、るりさんは悪くない。あんなひどいの初めて見たから、もうビックリして。

るりは言葉を詰まらせてうつむいた。

あ、ごめんなさい。思い出させちゃって。

夏実が慌てて言った。

違うの。忘れよう忘れようって思ってたけど、もう許せない。もう許せない。できるだけ思い出して、なんとかしてやりたい。

るりはこれまで押し殺してきたものを吐き出すように言い切った。その顔はもうただの泣き顔ではなかった。まっすぐにビデオカメラを見つめた眼差しは強い光を放っていた。

麻子は自分のどこからか熱いものが吹き出してくるのを感じていた。それは夏実にしても同じだったろう。

うん、なんとかしてやろう。許せないよ、こんなのって。

夏実がストレートに怒りをあらわにした。麻子は聞き役に徹しようと決めていたから黙っていたが、るりと夏実の間にはいい関係が生まれそうだなという予感がしていた。

夏実さん、ありがと。ずっとずっと一人でがまんしてきたから。

しばらく沈黙が流れた。

誰にも言えなくて。こんな怪我なんか、しょっちゅう。

そう言うと、るりはそっと両腕を抱え込むようにした。

あたし、遠慮しないで言っちゃうんだけど、その怪我、見せてもらっていい？

少し間があった。

るりは両腕を夏実のほうへ伸ばして、ゆっくり腕まくりした。夏実の無言の視線がそこに注がれた。

足もいい？

うなずいたるりが遠慮がちに足を前に出した。包帯を巻いたところ以外も赤紫色に腫れ上がっていて、よくこの足で傷だらけの体を支えて逃げてきたな、と麻子は思った。

夏実さん、背中も、もう我慢して隠すのなんて。

るりは一気にそう言うと、ついさっきまでのためらいがちな様子などまるで見せずに、背中をカメラに向けた。そして着ているものを脱いだ。

一瞬、時が止まったように部屋の空気が凍りついた。背中一面、内出血の跡で染まっていて、あちこちにかさぶたができていた。それはるりの背中でありながら、まるでるりから独立した生きもののように圧倒的な存在感をもって、夏実と麻子の眼前にあった。なんてこと。

夏実の声が凍りついた部屋の空気を揺るがした。鋭く響いた夏実の声は、まるで自分の体の奥底から突き上がってくる自分自身の声でもあるような気が麻子はしていた。怒りの噴火を貫くマグマのような激しい熱を感じた。

つぎの瞬間、カメラに背中を向けていたるりが、くるりと振り返ったかと思うと、カメラと正面きって向き合った。

るり。

思わず麻子は声をあげた。夏実は無言のままだ。カメラは回り続ける。

るりの目に涙が溢れ、全身が嗚咽で震えた。両腕で胸を隠すことはできても、一面に広がった暴力の跡はとても隠せない。そのことを見せつけるかのように、るりはカメラを食い入るように見つめた。窓から降り注ぐ西日が、るりの全身を燃え上がらせた。

るりさん。

夏実の低く、絞り出すような声が聞こえた。

やっと、やっとアイツから。ほんとに長かった。外面《そとづら》はものすごくいいから、みんな、いい人って言う。でも、これを見ればわかるでしょ、どんなヤツかってことが。

うん。

夏実と麻子が同時にうなずいた。麻子が肩にシャツをかけると、るりは体を震わせながら、ぎこちなさそうに服を着始めた。

どうしてそんなに我慢して。

夏実は訳がわからないという顔で聞いた。

ほんとにズルズル。やっぱり子供のことがあったからかな。子供がいなかったら、とっくの昔に別れてた。それに、専業主婦だから自分でやっていけるか不安だったし。子供のこと考えるとつらいけど、でももうアイツとは絶対にいや。

そう言い切ると、るりは手のひらで涙を拭った。

子供のためだと、そんなに我慢できるものなのかな。

うーん、いろんな気持が混ざっているっていうか。子供のためとか世間体とか。自分では子供のためと思ってても、ひどい中で育つんだから子供にとっては迷惑な話よね。そういうふうにも思ってたけど、一歩踏み出せなくて。

大丈夫、やっていけるよ。あたし、なんだか、はっきりわかるんだ。とにかくはっきり。

カメラを持った夏実が微笑みながら胸を張った。

るりの目に再び涙が溢れた。夏実の目も光っていた。そして、二人のやりとりを見ていた麻子も、胸に熱く迫るものを感じていた。

# 蹲る樹

るりの傷は少しずつよくなっていたが、時々うなされることがあったり、ふさいでいたりして心の傷はどこまでも深かった。夜、物音がすると怖がったり、人の足音を聞いてもビクビクしたり、外で大きな音がするとハッとしたりした。それは長い間、暴力にさらされてきた人間の哀しい習性だった。

るりは麻子のところで一カ月ほど過ごした頃、家庭裁判所に離婚の調停を申し立てた。そして、るりは夏実が撮ったビデオを家裁に提出した。夏実は自分が撮ったビデオが役に立ちそうだというので自信を持ったようだった。

るりは、いつまでも居候じゃ悪いと申し訳なさそうだったが、麻子も夏実もるりの離婚の成り行きや仕事探しがとても他人事とは思えなかった。女三人でこの現実に立ち向かっていこうという連帯意識のようなものがいつのまにか生まれていた。

なんだか急に毎日が充実してるな。

夏実の弾んだ声に、るりも自然に笑うようになってきていた。

以前、麻子と吉野梅郷で出会った星川登志子が遊びにきたのは、るりが少しずつ明日の自分に目を向けることができるようになってきた頃だった。登志子はちょくちょく手紙や葉書をくれ、そのたびに麻子はまるで会って話しているような親近感を覚えた。

るりを登志子に紹介すると、二人は前から知り合いだったかのように、自然な感じで話をしていた。登志子が人と溶け合う不思議な魅力をもっていることを初対面の時から麻子は感じていたが、やはりその印象は間違っていなかった。

登志子さんって梅の妖精みたいな人。

それを言うなら梅干し婆やでしょ。

麻子と登志子の掛け合いに、るりがケラケラと笑った。

わたし、いま仕事を探しているんです。もうこの歳になるとなかなかなくて。いつまでも居候じゃ麻子に悪いし。早くなんとかアパートも探してって。

まあ、そう急ぐことないじゃない。ゆっくり休んで、それからよ。

それは麻子の本音だった。確かに、中年女の仕事探しは至難の技だ。たとえ見つかったとしても朝から夜までのべつまくなし電話をかける仕事だったり、ノルマに追われて神経をすり減らす仕事だったり、あるいは途方もない単純作業という具合だ。

働いた経験がほとんどないし、なんにも資格がないから。でも、これから一人で生きていくんだし。純ももう独り立ちしたしね。

純はるりの一人息子だ。まだ小さい時に何度か会ったことがあるが、すっかり大きくなったことだろう。麻子は純の人なつっこそうな目をいまでも覚えている。

るり、焦る気持もわからないじゃないけど。わたしね、ずっと考えてきたことがあるんだ。仕事でDVに首を突っ込んでから、ゆくゆくはシェルターをつくりたいって。

ああ避難場所ね。わたしの若い頃もそういうのがあればよかったのに。

さりげなく言った登志子の顔を、麻子もるりも思わず見つめた。

他人事じゃないのよ。るりさんの気持、よくわかる。わたしもずいぶんやられたの。正直言って、夫が死んだ時にはほっとしたわ。

そう……。

麻子は登志子の突然の告白に驚いていた。それはるりも同じだったろう。どこから見ても上品で幸せそうに見える登志子が、かつてDVに苦しんでいたとは。

夫が死んでほっとしたという登志子の言葉を麻子は自然に受け止めた。その種の言葉は長い間、夫の暴君ぶりに苦しめられてきた女性たちから、これまでたびたび聞いていたからだ。夫、パートナーの存在そのものが凶器であるというこの現実。

わたしだけじゃないのね。

るりが噛みしめるように言った。

そう、るりさん、わたしもよ。

登志子はそう言いながら、るりの手を静かに握った。るりと登志子の間に柔らかな共感が流れた。そして麻子もまた、この二人が出会ったことに温かいものを感じていた。

ねえ、これもなにかの縁じゃないかしら。わたしたち、シェルターつくっちゃわない？

えー、そりゃいい。つくっちゃおう。

登志子の誘いに、麻子がすぐ賛成した。その場の勢いというのもあるにはあったが、日頃思っていたことがやっと突破口を見つけたような、確かな直感が麻子にはあった。

るりはなんだか狐につままれたような顔をして麻子と登志子を見守っている。るりの頬に少し赤みがさしていた。

まずは金集めと場所かぁ。

麻子が腕組みをしながら宙を見つめた。

ああ、それならわたしに任せておいて。

登志子がさらりと言ってのけた。

というと?

びっくりして麻子が尋ねた。るりも登志子の顔を見つめている。

こういうチャンスを待ってたの。わたしを苦しめ続けた暴力夫の遺産をシェルターをつくるのに使えるなんて痛快!

登志子の笑顔がいっそう明るくなった。るりの目に、ここへ来てから初めて輝きが見えた。

ありがたい話で、飛びつきたいところだけど、こういうのはどうかな。まず友達や知り合いに声をかけて金を集めて、悪戦苦闘からスタートする。その一歩一歩を分かち合おうっていうのは。

麻子も気持が乗っていた。こんなにはしゃいでいるのは久しぶりのような気がした。麻子はシェルターをつくり、それを維持して活動していくのがどんなに大変なことか、これまでいろんな例を見て知っていた。登志子がいることは心強いが、それに甘えてしまわないようにと思った。

苦しければ、それだけ喜びも大きい。麻子はそう自分に言い聞かせた。ただ、登志子の折角の気持を断っても悪いと思い、シェルターの場所は登志子の家の離れを使わせてもらうことにした。そして、るりは登志子の家に住むことになった。ラッキーなことこの上なかった。さらに、るりがなんとシェルターの事務局におさまったのには本人が一番驚いた。

よかった。るりさんが住んでくれたら嬉しい。

登志子は手放しで喜んでいた。

いいのかしら。

るりは顔を上気させながら麻子を見た。

もちろん。登志子さんがそう言ってくれるんだもの。

麻子はるりにエールを送った。それは自分自身へのエールでもあった。長い間、頭の中では考えていたが、シェルターが具体的な形となって歩き出そうとしているいま、麻子はなんとしてもそれを成功させたかった。そして、そのことは麻子自身の遠い過去との決別を意味していた。

一週間ほどして、るりは登志子の家に移った。身の周りのものはほとんどなかったから文字どおり身軽なものだった。るりは新聞広告でパートタイマーの仕事を見つけ、自立へ初めの一歩を踏み出した。週四日働いて、あと二日は麻子や登志子と一緒にシェルターの仕事をするということになった。

麻子の提案でシェルターの場所は登志子の家ではなく、別のところにした。なぜならシェルターの活動は私生活をなげうち、心身ともにすり減らすスタッフを前提に成り立つのがこれまでの現実だったから。スタッフのシェルターが必要なくらい、切りのない激務であることを麻子はよく知っていた。

金集めは苦戦を強いられた。日本の社会にはこの種のことに金を出すという土壌がなく、まずシェルターってなあに？というレベルだ。シェルターの経済的基盤は、薄氷を踏む思いの薄氷すらないのが現実で、どのシェルターも慢性金欠病になっている。そこで麻子と登志子はひとまず五分五分で資金を出し合い、友人や知り合いに会費を募って、なんとか漕ぎ出すことにした。登志子のつてでシェルターの家賃がゼロというのが天にも昇る気持だった。

なにをやってもうまくいかない時もあれば、不思議なくらい事が進む時もある。いまは運と勢いに乗っているな、と麻子は思った。るりもシェルターをつくる忙しさとパートの仕事と、それに家庭裁判所での離婚の件とで、初めての体験に戸惑いながらも少しずつ前途に光を見出しているように見えた。

麻子自身にとっても変化は大きかった。当然のことながら、シェルターの活動に割く時間が多くなり、翻訳の仕事を減らさざるを得なくなった。収入が減れば、それなりの生活をすればいい。それが麻子の哲学だった。

物もいらない。家もいらない。自分のライフ・スタイルに合った必要最低限の豊かな生き方。がらんどうに佇んだ時、静かに深く湧き出てくる心の充足の手触り。麻子が求めているのはそういうものだった。

夏実は傷だらけのるりのビデオを撮ったことがきっかけになったのか、その後、アルバイトをしながらビデオを撮りにいくことが多くなった。その合間をぬってシェルターの手伝いもしてくれ、特に夏実は子供たちに人気があった。疲れ果ててシェルターにやって来た母親のそばで、初めのうちは笑顔など見せなかった子供も夏実とペチャクチャやっているうちに、いつのまにか笑っている。あれは夏実の天性の特技だ。

五日前にシェルターに駆け込んできた母親と一緒だった女の子も、最初の日から夏実になついた。

もう大丈夫。

泣き崩れた母親をそう言って抱きしめたのは麻子だった。麻子の腕の中で母親の体は小刻みに震えていた。

お名前は？

しゃがみこんで聞いた夏実に、女の子は小さな声で自分の名前を告げた。

可愛いでしょ。一緒にあそぼ。

シェルターを支えてくれている人たちからもらったぬいぐるみを夏実が並べると、女の子はそれまでの暗い表情とはうって変わって目をキラキラさせた。麻子が別の部屋で母親と話している間、女の子は夏実にすっかり打ち解けて楽しそうに遊んだ。夏実がシェルターにいない日はどことなく寂しそうだったが、るりや登志子とも結構活発に遊んでいた。

だが結局、母親は二週間ほどすると、女の子を連れて夫のところへ帰って行った。経済的に自立して一人で子供を育てていく自信がないというのが主な理由だったが、父親のいない子供にしたくないとも言っていた。麻子たちはまた同じことが繰り返されるのでは、と心配だったが、本人の選択を尊重せざるを得なかった。

元気で大きくなってね。

夏実の声に女の子はうなずいて、ニッコリ笑った。その笑顔が明るければ明るいほど、割り切れない思いで四人は母親と子供を見送った。

それにしても、なんか後味悪い。すっきりしないよね。

浮かない顔で夏実が言った。

うん、帰したくない。夫が変わらない限り、彼女がどんなに努力して我慢しても無駄だと思う。

登志子も歯がゆそうだった。

迷う気持はわかるけど。初めの一歩がなかなか踏み出せない。わたしもそうだった。

るりが深くため息をついた。

それにしたって、殴られてる女のほうが家を出て逃げ回って、ビクビクしながら暮らさなくちゃならないなんて理不尽だよね。仕事がない。あっても安い。住む所がない、子連れっていうのがほとんど。ここまでよくやってきたよ、わたしたちも。こっちの命が危なくなっちゃうことだってあるんだからね。

麻子が腕組みしながら言った。

ほんと、あんな男たちに殺されたら、死んでも死に切れないわね。

登志子が続けた。

よし、きょうは激走の日々を記念して慰労会やろうか。

オー、さすが、アサ。察しが早い。

夏実がおどけて投げキッスをした。

明日は休みだし、たまにはゆっくりしよう。わたしたちがこけたら元も子もないから。

麻子はシェルターのスタッフにとって、お互いをカウンセリングし合うピア・カウンセリングがどんなに大切か、自分でやってみて実感としてわかった。シェルター活動の中でカウンセラーやスタッフ自身が心身ともに疲労困憊してしまうからだ。

さっきの母子がいなくなって、いまシェルターには麻子たち四人だけだ。どことなく子供の残り香のする部屋で、疲労回復にという名目でストックしてある缶ビールを出してくると、四人は車座になった。

じゃ、乾杯！

しばし、沈黙が流れる。ほんとうにうまい時、人は言葉を失う。

ウーン。

たて続けに四人が唸った。

アハハハ、一緒にいると、なんか似てくる。

登志子が口元を押さえながら笑った。

だけど、すごい事を始めたよね。あたしもかなり巻き込まれていく感じ。

そう言って夏実は立ち上がると、台所のほうへ行き、焼酎のボトルとコップを持ってきた。

でもね、あたし、本邦初公開。映画の勉強しにカナダへ行こうと思ってるんだ。

エー、いつ決めたんじゃ?

麻子が仰天の声をあげた。登志子もるりも、夏実のほうを見た。

いつって、だんだんそういう気持になって。

すごい、なっちゃん、楽しみだぁ。

るりがはしゃいだ。

わたし、出たい、主役とまではいかなくとも。フフ。

登志子もおどけてみせた。

もちろん、主役はこのわたくしをおいてないでしょうな。

麻子が念を押すように夏実を見た。

もう、みんな、気が早いな。まだ行ってもいないのに。

行ったも同然。人生にはタイミングってもんが大事なんだから。いま、でなければ、またいつという日があろうか。一気にやらなくちゃ。

麻子が言うと、登志子もそうそうとけしかけた。

うん、そのつもり。もう少しバイトして、あとは皆さん、カンパをよろしく！　ハハハハ。

ちゃっかりしてる。ま、いいか。夢は諦めるためにあるんじゃなくて、追いかけるためにあるんだから。夏実も大きくなったねぇ。

麻子は不意に熱いものがこみ上げてくるのを感じた。それは涙というより感慨を突き抜けた、もっと前向きの晴れやかな気持だった。

断然、なっちゃんを応援するから。ね、るりさん。

うん、もちろん。わたし、なっちゃんに感謝してる。あの時ビデオを撮ってくれて。いま思うと、あれがきっかけで変われたのね。ずっと押し殺してきた自分をああいう形で初めてさらけ出せた。自分でも信じられないくらいのことができたなって。

登志子に促されて、るりは気持を素直に話すことができた。

パートの仕事もいまは一日中電話をかけまくる電話営業だけど、わたしには向いてないみたい。シェルターの活動に生かせる勉強をしようって思ってる。できれば資格を取りたいな。

うん、るりなら必ずできる。女たちに不可能はない。ここで乾杯し直し！

麻子がそう言って立ち上がると、登志子も夏実も立ち上がった。そして、るりも照れたように、それに続いた。

では、るりの光あふれる前途と、カンパで一足飛びに海外へ高飛びしようという夏実のために乾杯！

麻子が言う脇から、登志子が慌てたように、
ね、ね、実はわたし、社交ダンスやろうと思ってるんだけど。

わあ、すごい。ハンサムとダンスかぁ。

夏実が夢見るような仕草で言った。

ハンサムかどうかはちと早いけど、踊る登志子さん素敵だなぁ。そのうち教えてもらわないと。

麻子がるりの手をとって社交ダンスの真似をすると、登志子も夏実と抱き合って踊り始

めた。みんなアルコールが回っていて社交ダンスには程遠かったが。さっきシェルターから家に戻っていった母子のこともしばし忘れて、四人は久しぶりに酔った。

わたし、いま家裁でやってるでしょ。調停委員のじいさんが、世の中の亭主たちで女房を張り倒したいって思ってるのはたくさんいるって言うの。それに、ばあさん調停委員がこれまたひどい。わたしになんて言ったと思う？　強そうに反論するから殴られるんだから、もっと夫にすがりついて弱々しく泣き崩れればいいなんていうのよ。あんまりじゃない。

るりが顔を紅潮させた。

そりゃ、ひどい。裁判所の関係者がＤＶの現状を知らないままで、事を解決しようっていうんだから迷惑な話よね。裁判所の門をくぐって、さらにまた傷つけられるっていう仕組みになってる。別れるほどのことじゃない、元のさやにおさめようっていうのが前提になってるものね。

麻子の言葉に、三人が大きくうなずいた。

それに裁判所って、慰謝料と財産分与込み込みでなんぼの世界で、はっきりＤＶに対する慰謝料っていう認識がない所なのにも驚いちゃった。

麻子はるりの話を聞きながら、忙しさの中で、るりがそんな思いをしていることに気づかなかったことをすまないと思った。シェルターの忙しさに振り回されて、スタッフ一人一人が抱えている問題をそのままにしていたら、活動そのものにも支障をきたす。麻子はそのことを痛感した。スタッフ同士がカウンセリングし合って互いに支え合う。その中から、問題点を洗い出し解決するようにしたり、場合によっては社会的に働きかけていったりすることにつなげていく。そうしなければ——。

るり、ごめんね。なんかドタバタしてるうちに、るりだって大変なのに。

ううん、この大変さに鍛えられてるなって。こういうことがなかったら、なにも知らないで、ただ我慢我慢だったたし。

アルコールが回った赤い顔で、るりがサバサバした感じで言った。

ならいいけど、お互い我慢して溜め込むのはよそう。大体わたしたちにもスタッフ用のシェルターがほしいよね。怪しい秘密クラブ風の、フフフフ。

うわぁ、賛成！

麻子のアイディアがウケた。

そういうのつくらない？　そこにいる間はなにもかも忘れるっていうような女の隠れ家。

登志子が身を乗り出してニンマリした。

いやぁ、なんか面白そうなことになりそう。この三人なら絶対大丈夫。できたら撮影に来まっせい。

夏実がヨーデルのような声を響かせた。

エー、このシェルターに来れば、ヨレヨレに衰弱が進行中のスタッフもたちどころにシャン。ウン、これいけそう。われわれの未来は明るいよ。

そう言いながら麻子はゴロリと横になった。

長くて、苦しくて……。夫を憎むことしかできなくて。いままで心が救われるってことがなかったの。お金や物で解決したように見えても、痛めつけられた心を引きずったまま生きてきた。でも、こんなふうに皆と一緒にやってる。あの地獄の思いを生かすことができてる。……やっと心が呼吸し始めたって、そんな気がする。

登志子の頬も、うす紅に染まっていた。

登志子さん、みんなで心に酸素を送り続けようよ、お互い。

寝ころがったまま麻子が言うと、その隣りで、るりがすすり泣き始めた。

うん、そうだよ。泣こう、みんなで。

麻子は夢うつつの中で、自分がそう言ったような気がした。一緒に笑ってくれる人はいる。でも苦しいとき哀しいときに、心の底から一緒に泣いてくれる人はめったにいない。るりや登志子とわたしも同じだ。そんな呟きの中で麻子は深い眠りに落ちていった。

*

カナダ行きの資金稼ぎのために、もう少しアルバイトをするはずだった夏実は予想外にカンパが集まったというので、いよいよカナダ行きが現実のものになろうとしていた。わたしに似ず金集めがうまい、と麻子は内心、夏実の行動力に感心していた。

とうとう夏実も夢に一歩近づこうとしている。そう思うと、麻子は自分のことのように熱いものを感じた。寂しいという気持よりも、さあ飛んで行けという思いのほうが強かった。そして、あっという間に夏実は彼女の大空へ向かって旅立って行った。

それからちょうど一週間が過ぎた日、麻子は新聞を見て飛び上がった。なんとついこの間、暴力夫のところへ帰って行ったあの母子の母親のほうが夫に殺されてしまったのだ。

新聞、見た？

うん。

すぐ、そっちに行くから。

麻子は朝食もそこそこに新聞をバッグに押し込み、登志子とるりのいるシェルターへと急いだ。ドアを開けると、登志子とるりが青い顔をして突っ立っていた。

こんなことって。

登志子が唇を震わせていた。

ああ、あのとき帰すんじゃなかった。なんてことに。

麻子は激しい怒りが突き上げてくるのを感じた。

るりがそっと麻子の肩に手を置いた。

でもね、わたし、帰って行ったあの人の気持もわかる。だから、あんまり自分を責めないで。

肩に置かれたるりの手に力がこもった。

うん、でも……。

殴り殺された彼女。あの子供はどうしたろう。この部屋の中にはまだ、あの母子の温もりと匂いが残っているというのに。麻子はやり切れない思いだった。

それにしても、ひどい男。世間じゃエリート社員の模範的な夫で通ってるなんて、八つ裂きにしてやりたい。

いつもおっとりしている登志子も怒りで興奮していた。

死んでも死に切れないね。死に切れないんだから生き返って。

そう言って、るりが泣き出した。それに続くように麻子も登志子ももう涙を抑えることができなかった。

泣きながら麻子は、彼女を殺した男への激しい憤りの奥深いところに、何者かに対する怒りが重いつるべのようにぶらさがっているのを感じた。遠い記憶のヴェールに覆われていた思い出したくもない一つの事実が、まるで手品のように不意に蘇ってきた。

忘れていたはずなのに……。

呟きと同時に電話が鳴った。その電話を皮切りに、またシェルターに竜巻のような忙しさが戻ってきた。そして麻子の苦々しい記憶も、忙しさの中で刺の芯を残したまま薄れていった。

シェルター利用者が殺されてしまった衝撃はあの時、彼女を家に帰さなければ、という悔やんでも悔やみ切れない悔恨となって三人の心に深く刻みつけられた。

そして、またたく間に月日が過ぎて行った。自分一人だったら、持ちこたえられたろうか。麻子はるりと登志子の存在の大きさをいまさらながら思った。

季節はもう新緑を迎えていた。気晴らしになればと休日、三人で奥多摩に出かけた。麻子にとっては久しぶりの青梅線だった。るりも登志子もすっかりはしゃいでいる。

ひたすら歩く。ひたすら頭を空っぽにする。大の字になって雲や風や光と戯れる。心に風穴を開ける。そこから思いっきり風を入れる。顔を動かしてみる。ひたすら単純に動かしてみる。口をもうこれ以上開かないというくらい開ける。そのまま大きな声を出してみる。笑ってみる。思いっきり笑ってみる。笑っている自分を全身で感じる。

そんなふうにして三人は歩き続けた。もう汗みどろだけれど、どこか気持がいい。光る川を澄み切った空と揺れる緑が包んでいる。忘れたいこと、つらいことがあると、一人で、時には夏実と一緒にこの辺りをブラブラしたものだ、と麻子は思い出していた。

麻子さまぁ、腹ごしらえのお時間で。

登志子の仰々しい声がした。

木かげで弁当を広げると、ますます童心に帰っていった。

こういう卵焼きが作れるようになりたいんだけど。

麻子が登志子の作った卵焼きを光にかざして見とれている。

フフフ、まあもう十年はかかるでしょうね。二人ともみっちり仕込んであげるから。でも、この胡麻団子もかなりのところまで行ってる。

わぁ、やったぁ。

るりが歓声をあげた。

ね、このサラダ、どう？

麻子がサラダの山を差し出す。

うん、シンプルを極めてる。切ってちぎっただけっていうのも難しい！

登志子が手をたたきながら言った。

ああ、それを言うなら野菜のうまさだけで大胆勝負って言ってほしいな。

麻子が口を尖らせた。

ここに、あの母子《おやこ》がいたら。……きっと、わたしたちに乗り移って力になってる。ね、そうでしょ。

うん。

突然、るりが憑かれたように言った。

麻子も登志子も、るりと同じ思いだった。

DVだけじゃないよね。レイプもセクシュアル・ハラスメントも児童虐待も、被害者たちの怒り、哀しみは、それを分かち合おうとする人間に力を与える。そこから芽が出て葉っぱが出て、初めはひょろひょろの木もこけたり折れそうになったりしながら少しずつ大きくなっていく。木が天に向かって顔を上げていく。うちひしがれていた人間がやがて立ち上がっていく。これだよ、わたしたちの醍醐味は。

麻子はまるで舞台の上の役者のように、ちょっと大袈裟な手振りをつけて言い切った。一皮むけた、駄洒落の麻子の真骨頂だ。

うん、そうそう、麻子さん、なかなかの詩人。わたしももう後には引けないわ。冥土の土産に、このシェルターに自分の歴史を刻みつける。

登志子の瞳が強い意志を込めて輝いた。

アハハハ、登志子さんも言うなぁ。冥土の土産か。

麻子がケラケラ笑った。

わたしだって、いま猛勉強中なんだから応援して。必ず受かる！　ほんとに自分でも信じられない。もう死のうって思ったこともあったのに。こんなエネルギーがあったなんて。

そうだよね。シェルターにパートに裁判所に勉強に、正直言って、るりがここまでやるとは思わなかった。すごいよ。

これも皆々様のご尽力の賜物。持つべきものはなにより友達。

るりがちょこんと頭を下げた。

るりはいま、社会保険労務士の資格取得を目指して勉強し始めた。それは自分自身のためであると同時に、シェルターに来る女性たちに実務的な面からも支援したいという気持からだ。殴られ我慢するだけの女から、るりはほんとうに変わった。死のうと思ったことのある、その同じ人間がこんどは死に物狂いで生きようとしている。人は変わることができるのだ。

登志子は登志子で社交ダンスを始めてから姿勢がもっとよくなった。シェルターに来る女性や子供に押し花で葉書づくりを教えたりしている。それに部屋のインテリアは登志子にお任せだ。自分でつくった一輪挿しに野の花を飾ったり、かわいいクッションをつくったりして、ほっとするような雰囲気にしている。彼女の手作りの動物クッキーは大好評だ。

では、言いたい放題言わせてもらいまぁす。ゆくゆくはシェルターに来た人たちが働いて生きていけるような仕事をつくっていこうよ。どこを向いても、シケた話ばかりじゃない。それなら、わたしたちで自立し合える場をつくればいい。

麻子がぶち上げた。

それ、いい。雇用機能つきシェルターね。子供がいる時には遊びと学びの機能ってのもいるね。

るりが身を乗り出した。

うん、母親が働いている間、保育園もありっていうの、どう？

木漏れ日の中に登志子の笑顔があった。

もうどんどん言っちゃおう。われらが目指すは多機能型シェルター。女たちの大逆襲を形にしていかないとね。それにＤＶっていうと、まず殴られ蹴られっていうのが前面に出てくるけど、それと同時に精神的に心理的に殺されちゃうっていうのも大きな問題なんだよね。場合によっちゃ、殴られることも蹴られることもないんだけど、精神的にとことん痛めつけられるってこともあるから。身体的にも精神的にも心理的にも性的にも複合してるってところをよく見ていかないと。それにしても、わたしたちって素面《しらふ》の時、冴えてるよね。

麻子がそう言って、ゴクゴクお茶を飲んだ。

これで温泉に入って一杯やると、もう別人になるから。

るり、それわたしのことでしょ。

当たりー。

笑い声が、吹き抜ける風とともに広がった。
こころとからだが安らぐって、こんなにしあわせなことなんだ。
るりがきらめく光に向かって、大きく深呼吸した。

*

カナダに行っている夏実から久しぶりに手紙が来た。メール時代だけれど、手書きの手紙にはやはり風情がある。友達もたくさんできて映画漬けの毎日らしい。英語には悪戦苦闘、でもそこは度胸で。さらに、モテすぎる男友達をふったとのこと。そして、手紙のこのくだりは麻子をじーんとさせた。

また、アサのとんでもない冗談かと思った。冗談と思いたかった。あの人が殺されたなんて、そんなことあっていいわけない。アサの怒りの顔が目に浮かぶよ。あたしもアサと同じ顔で怒ってる。怒って、怒鳴って、喚いて、友達が受け止めてくれた。

この気持、いつか映画につなげたいって思ってる。るりさん、元気にしてるかな。るりさんを撮ったあの時の自分をずっと大事にしたい。

こっちにはいろんな人がいるよ。シングル・マザーなんてゴロゴロ。そっちにいる時、どうしてあたしにおとうさんいないのって、アサを憎らしいって思ったこともあった。小さい時にね。でも、いまは違う。事実から出発しようって。シングル・マザーはひとつの自然なんだね。

アサ、ありがとう。るりさんや登志子さんによろしく、元気でね。謎のシェルターにフレーフレー！

深く愛しちゃってるアサへ

シネマの女王　夏実より

フフ、言うねぇ。行間から湧き上がる夏実のエネルギーを感じて、麻子は一人微笑んだ。

夏実に手紙を書いたのは、それから三、四日してからだった。

ヤッホー、シネマの女王、手紙をありがとう。ナ・ツ・ミ。いい響きだね。最近ちっともこの発音してないから新鮮。元気そうでよかった。とにかく、どんな時だって人生を楽しむことを忘れない。これだよね。でも、この間みたいなこともあるからドーンと落ち込む時もある。彼女の死を生かすためには前へ進むしかないって、るりや登志子さんと話し合ったんだ。これからもズンズン行くよ、死に命を吹き込むためにね。どんなに燃えさかる炎の中に入れられても、恐怖、悲嘆、怒り、絶望のうちに死んでいった人たちの思いは滅びることはない。死者たちの叫び、その生と死の重さを受け継いで、いま、そして未来に生かしていかなくちゃ。

いろんなことがあったね。夏実につらい思いをさせたこともあった。覚えてるよ、父の日の似顔絵描きと作文。父の日も母の日も、いない子にとっては酷だ。あれは多数者の横暴だね。数の「原理」の前で少数者の気持や意見は押しやられ潰される。これって世の中のいろんなことに言えると思わない？　だから、少数者の立場から発言したり行動したりすることって大切だと思うんだ。

血縁があって頭数がそろっていれば「健全」な家庭と言われ、そうでないと複雑な家庭とか欠損家庭と言われる。世の中が決めた「規格」外の人たちは、とても生きにくい。前もって生きにくい仕組みをつくっておいて、だから「規格」に合った生き方をしたほうが楽だよとなる。確かに生きにくかったよ、自分が選んだ道だけど。でも、お陰さまで鍛えられたけどね。

一つ一つの現象の根っこのところにあるものを見逃さない。そういう眼力を磨こうよ。ＤＶにも言えるんだ。ＤＶに苦しんでいる女性たちは、たまたま男運がなかったのかっていうと、そうじゃない。ＤＶを生み出す社会の構造を問題にしないと、本質を見落とすことになっちゃう。根底にあるのは性差別なんだっていうところを見ていかないと、単に男運がないとか女のほうにも問題がとか、ご理解のある男がパートナーでありさえすれば幸せってことで片づけられちゃう。こんど夏実と会った時、どんなふうに考えてるのか、話すの楽しみだな。

いまね、夏実がカナダにいるの、すごく不思議。だって、むかしむかし、そのむかし、ボロボロになったわたしを優しく包んでくれたのはカナダの自然だったから。

夏実にもるりにも登志子さんにも、まだ言ってないことがあるんだ。正確に言えば、まだ言えないこと。ずっと長い間、深傷を自分一人の中に閉じ込めてきた。どんな小さな隙間すら見出せない閉塞と数え切れないフラッシュ・バック。

話せる日が来たら、夏実、その時はわたしを思いっきり抱きしめて。


おとこを肥やしにするであろう夏実へ　　エキストラ志望のアサより

いつのまにか寝てしまったのだろう。朝焼けに染まる窓から小鳥のさえずりが聞こえてくる。麻子はゆっくり立ち上がり、カーテンを目いっぱい開け、眩しそうに目を細めた。近くにある公園の欅《けやき》の樹々が朝日を浴びて大きく枝を広げている。まるでいま立ち上がったばかりの樹々たちが太陽と喜びの交信を交わしているようだ。

そうだ、あの欅まで。

麻子は子供のような身軽さで家を飛び出した。

**著者プロフィール**

**篠田 あき**（しのだ あき）

1951年　東京都に生まれる
1974年　東京女子大学文理学部社会学科卒業
以後、雇用、労働、教育、人権等の社会問題を追うフリーランス・ライターとして、単行本・雑誌に多数執筆。同時にカウンセラーとしても活躍中

**もえない棺桶**

2004年8月15日　初版第1刷発行

著　者　篠田 あき
発行者　瓜谷 綱延
発行所　株式会社文芸社
〒160-0022　東京都新宿区新宿1－10－1
電話　03-5369-3060（編集）
03-5369-2299（販売）

印刷所　図書印刷株式会社


ISBN4-8355-7789-2 C0093